Mister Gogo

ing Kofi

Pinsel

Julia Boehme

Tafiti
und das Riesenbaby

Tafitis Welt:

Tafiti - Die schönsten Vorlesegeschichten

Bilderbücher:
Das große Tafiti-Wimmelbuch
Tafiti und der geheimnisvolle Kuschelkissendieb
Tafiti – Heute bin ich du!

Meine Freunde (Eintragbuch)
Tafiti – Mein Malbuch
Das große Tafiti-Liederalbum (Lieder-CD)
Tafitis Savannenparty – Lernspiele (App)

Lernen mit Tafiti: Erste Buchstaben
Lernen mit Tafiti: Zahlen von 1 bis 10
Lernen mit Tafiti: Rechnen von 1 bis 20
Lernen mit Tafiti: Erstes Schreiben

Mit Tafiti lesen lernen:
Tafiti und der Löwe mit dem Wackelzahn
Tafiti und die Weihnachtsüberraschung
Tafiti – Nur Mut, kleine Fledermaus!
Tafiti schläft woanders

www.TafitisWelt.de

Julia Boehme

Tafiti
und das Riesenbaby

Band 3

Illustriert von Julia Ginsbach

Ihre Meinung zählt!

Nehmen Sie jetzt an einer kurzen Elternbefragung
des Loewe Verlags teil und beeinflussen Sie
die zukünftige Entwicklung unserer Kinderbücher:

www.elternbefragung.online

ISBN 978-3-7855-7551-2
5. Auflage 2023
© 2014 Loewe Verlag GmbH, Bühlstraße 4, D-95463 Bindlach
Umschlag- und Innenillustration: Julia Ginsbach
Umschlaggestaltung: Elke Kohlmann
Lektorat: Sabine Gschwender
Printed in the EU

www.TafitisWelt.de
www.loewe-verlag.de

Inhalt

Ein Erdbeben, das keins ist

„Los, den nehmen wir!" Glücklich lehnt sich Tafiti an einen von Omamas Riesenkürbissen. „Sieht der nicht lecker aus?"

„Und wie!" Pinsel läuft das Wasser im Maul zusammen. Nun müssen sie nur noch den Kürbis vom Gemüsegarten in die Küche rollen, dann backt Tafitis Omama daraus ihren berühmten Kürbiskuchen. Köstlich!

„Bist du bereit?", ruft Tafiti. „Dann hau ruck!"

Pinsel setzt den Rüssel an und schon kullert der Kürbis los. Letztes Jahr musste Tafiti noch mit seinem Bruder Tutu den Kürbis nach Hause rollen.

Was für eine Plackerei!
Aber jetzt ist Pinsel da.
Tafitis bester Freund
und Ehren-Erdmänn-
chen, obwohl er ja
eigentlich ein
Schwein ist.
Ein Pinsel-
ohrschwein,
um genau zu
sein. Und so
ein Pinsel-
ohrschwein ist groß und dick und stark. Eben
genau richtig, um einen ausgewachsenen
Riesenkürbis nach Hause zu wuchten.

„Wartet mal!" Tutu hält Wache. „Irgendwas
stimmt hier nicht!"

„Was denn?", fragt Pinsel. Aber da merkt er
es auch. Der Boden zittert. Und aus der Ferne
hören sie ein dumpfes Grollen.

12

„ALARM!", brüllt Tutu.

Sofort verschwinden er und Tafiti im nächsten Loch. Nur Pinsel ist zu groß und muss durch die Extratür. Im Wohnzimmer treffen sie sich wieder. Inzwischen zittert die Erde nicht mehr, sie bebt. Die Bilder wackeln an den Wänden, Staub rieselt auf sie herab.

„Ein Erdbeben!", wimmert Tutu.

Aber Opapa weiß es besser. „Nein, das sind die Elefanten!"

Omama wird blass. „Müssen die denn hier so nah vorbeilatschen? Wehe, wenn die durch meine Beete trampeln!"

Sie will sofort nach draußen, um nachzusehen.

Aber Tafiti und Opapa halten sie fest. „Nicht, sie sind direkt über uns!"

Und wirklich: Über ihren Köpfen stampft, trampelt, dröhnt und wummert es ohrenbetäubend, Bücher fallen aus den Regalen, Stühle stürzen um. Tafiti schluckt. Hoffentlich kracht die Decke nicht ein!

Unter dem Wohnzimmertisch warten sie das Schlimmste ab. Dann ist Omama nicht mehr zu halten. Wie ein Kugelblitz saust sie nach draußen.

„OH NEIN!", hört Tafiti sie schreien. Und dann sieht er es selbst: Der ganze Gemüsegarten ist verwüstet. Die hohen Maispflanzen und Bohnenranken sind dem Erdboden gleichgemacht.

Und die schönen, runden Riesenkürbisse sind alle weggefressen!

„WÜSTLINGE, VIELFRASSE, TRAMPEL!", wettert Omama den Übeltätern hinterher. Doch von denen ist nur noch eine große Staubwolke zu sehen.

„SAVANNENWALZEN, KÜRBISFRESSER, DUMMRIESEN, STAUBMONSTER, STAMPF-MASCHINEN!" Omama geht langsam die Luft aus.

„Lass gut sein." Opapa nimmt sie in den Arm.

„Morgen pflanzen wir was Neues", versucht auch Tafiti, Omama zu trösten.

Sie nickt. Schweigend sehen sie zu, wie die Staubwolke kleiner und kleiner wird.

Pinsel lässt die Ohren hängen. „Das war's wohl mit dem Kürbiskuchen …"

Tafiti überlegt. „Wenn wir irgendwo was Fruchtiges auftreiben, backst du uns dann trotzdem einen Kuchen?"

„Aber natürlich", nickt Omama. „Und egal, was ihr bringt, ich kenn immer ein gutes Rezept!"

„Au ja!" Tafiti läuft gleich los. „He, Pinsel, kommst du mit?"

„Logo!", grunzt Pinsel und hat ihn schon eingeholt. „Als ob du ohne mich gehen würdest!"

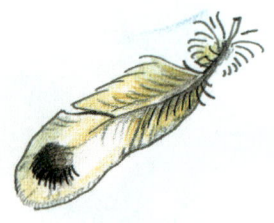

Das Riesenbaby

Klar hätte sich Tafiti ohne Pinsel nicht so einfach auf den Weg gemacht. Die weite Ebene der Savanne ist für Erdmännchen viel zu gefährlich. Da ist es gut, einen großen, dicken Freund zu haben, unter dessen Bauch man sich verstecken kann. Nur so ist Tafiti sicher vor heimtückischem Federvieh wie Mister Gogo, dem Adler. Und genau der kommt natürlich gleich angeflogen.

„Lecker Fleisch! Ich liebe Erdmännchen!", ruft Mister Gogo aus voller Kehle und stürzt im Steilflug auf sie zu.

„Lass doch den Mist!", schimpft Tafiti unter Pinsels Bauch hervor. „Wir haben keine Zeit für alberne Spielchen!"

„Nicht?" Enttäuscht dreht
Mister Gogo ab. Tafiti hätte
wenigstens so tun können,
als habe er Angst. Er
und Pinsel sind
nämlich die Einzigen,
die wissen, dass er
kein Fleisch mag.
Ängstlich schaut
sich Mister Gogo
um. Hoffentlich
hat das jetzt
keiner gesehen!

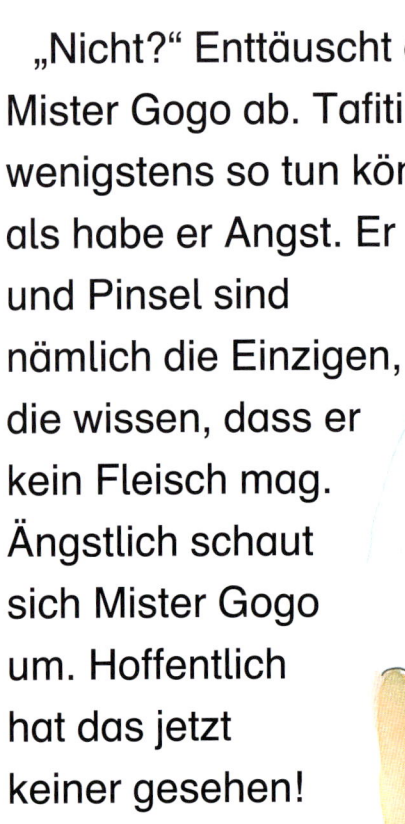

Vorsichtig pirschen
Pinsel und Tafiti weiter
durchs trockene
Savannengras. Immer
auf der Hut vor möglichen
Gefahren wie King Kofi, dem

König der Savanne. Denn vor
einem Löwen ist nicht mal ein
Pinselohrschwein sicher.
Aber die beiden
Freunde haben Glück.
Unbemerkt gelangen
sie zu einem großen
Affenbrotbaum.
„Schau doch
mal!", ruft Pinsel
begeistert.
Tafiti legt den
Kopf in den
Nacken. Der Baum
hängt voller leckerer
reifer Früchte. An
langen Stielen baumeln
sie von den Ästen. Leider
hängen sie viel zu hoch. Da
kommen sie niemals dran!

„Irgendeine wird schon heruntergefallen sein!" Mit seinem Rüssel durchschnüffelt Pinsel das Gras. Aber da ist nichts: keine einzige Affenbrotbaumfrucht.

„So ein Mist!", schimpft Pinsel und schielt sehnsüchtig nach oben.

„Tüt", macht es leise.

„Huch?" Pinsel stellt die Ohren auf und auch Tafiti lauscht gespannt.

„Tüt."

„Was war das?", wispert Tafiti.

„Klingt wie eine Hupe", flüstert Pinsel zurück.

„Tüt." Da, schon wieder! Pinsel und Tafiti schauen sich an. Es kommt von der anderen Seite des

Baums. Der Affenbrotbaum ist so dick, dass sich ein ganzer Bus dahinter verstecken kann. Aber das „Tüt" war ganz bestimmt nicht die Hupe von einem Bus. Dazu war es viel zu leise. Wenn überhaupt, dann war es die Hupe eines ganz winzigen Autos. Eines Ameisenautos vielleicht (wenn Ameisen Auto fahren würden). Auf jeden Fall kommt es von etwas ganz, ganz Kleinem. Nur was?

„Lass uns mal nach-
sehen", schlägt Tafiti
vor. Neugierig
schleichen sie um
den Baum herum –
und erstarren. Auf
der anderen Seite
des dicken Affen-
brotbaums ist
nicht etwa etwas
ganz, ganz Kleines,
sondern etwas ganz, ganz Großes. Etwas
RIESENGROSSES. Zumindest, wenn man ein
Erdmännchen oder ein Pinselohrschwein ist.

„Tüt", haucht das riesengroße Etwas.

Tafiti schnappt nach Luft. „Hast DU etwa
unser Beet zertrampelt, he?", fährt er den
Riesen an.

„Was machst du denn da?", fragt Pinsel verdattert.

„Na, das ist doch ein Elefant", sagt Tafiti.
„Und die haben schließlich …"

Pinsel schüttelt den Kopf. „Sieh doch, was du angerichtet hast!"

Der Elefant versteckt sich zitternd hinter seinen Ohren.

Tafiti fasst es nicht: Ein Elefant, der zittert, wenn ein Erdmännchen ihm mal die Meinung sagt?

„Ich glaube, das ist noch ein Baby", vermutet Pinsel.

„Ein Baby?", ruft Tafiti. „Niemals!"

„WUUUUUAAAAH! MAMI!", schluchzt der Elefant los.

Tafiti schnappt nach Luft. „Vielleicht, ganz vielleicht, ist es wirklich ein Baby", stammelt er.

„WUHUHUHU", heult das Baby weiter.

Tafiti und Pinsel schauen sich an. Wie tröstet man ein Riesenbaby? In den Arm nehmen kann man es jedenfalls nicht!

„Ho, ho, ho", erklingt plötzlich ein raues Lachen.

Tafiti und Pinsel zucken zusammen. So lacht nur einer: seine Löwenmajestät King Kofi höchstpersönlich. Der Letzte, den sie hier gebrauchen können.

„Heute i*f*st mein Glück*f*stag!", lispelt King Kofi und reibt sich die Pranken. „Ein kleine*f*s Elefäntchen gan*fz* mutter*f*seelenallein: kö*f*st-lich!"

Tafiti kämpft sich durchs Gras und baut sich direkt vor King Kofi auf. „Es ist überhaupt nicht allein!"

Pinsel wird schlecht. Was macht Tafiti denn da? Aber dann holt er tief Luft und stellt sich entschlossen neben seinen Freund. „Ganz und gar nicht allein", grunzt er mutig.

King Kofi schleckt sein Maul. „Oh, Vor-
*f*spei*f*se und Nach*f*spei*f*se *f*sind auch noch mit
dabei! Fanta*f*stisch!"

„Ähm, Momentchen mal, Majestät", sagt Tafiti
warnend. „Das würde ich mir gut überlegen.
Dies hier ist nicht etwa ein afrikanisches
Elefantenbaby. Oh nein! Es ist ein asiatischer
Zwergelefant. Und der kann Karate!"

„Ka...ka...karate?", stammelt King Kofi.
„Allerdings!" Tafiti nickt. „Zack, ein Tritt hier,
ein Rüsselschwung da, und ehe Sie sichs ver-
sehen, Majestät, fliegen Sie hoch in die Luft.
Höher als Mister Gogo, bloß landen können
Sie nicht so schön."

Landen? King Kofi ächzt. Und als das Elefantenbaby seinen Rüssel hebt, macht er sich blitzartig aus dem Staub.

„Tüt", trötet das Baby noch. Aber King Kofi ist schon außer Sicht.

„Lasst uns lieber verschwinden, bevor er wiederkommt." Tafiti wuselt schon los.

Doch das Elefantenbaby bleibt wie angewurzelt stehen.

„Na, komm schon, Baby!", ruft Tafiti.

Aber das Baby rührt sich nicht.

Da rumst plötzlich eine große Affenbrotbaum-frucht neben Pinsel ins Gras.

„Guck mal, er hat extra darauf gewartet, dass wir doch noch zu unserem Kuchen kommen." Glücklich rollt Pinsel die Frucht durchs Gras. „Na los, Baby, jetzt können wir gehen!"

Aber das Elefantenbaby bleibt, wo es ist, und guckt sie mit großen Kulleraugen an.

Pinsel seufzt. Es fällt ihm nicht leicht. „Hast du Hunger?", fragt er. Er bricht ein Stückchen Affenbrot ab und hält es dem Elefantenbaby vor den Rüssel.

„Na los, dann bekommst du noch mehr", lockt Pinsel.

Tatsächlich setzt sich das Kleine in Marsch. Und als sie bei der Erdmännchenhöhle ankommen, ist von der ganzen schönen, großen Affenbrotbaumfrucht kein bisschen mehr übrig.

Ungeheuerlich

„Ja, seid ihr denn verrückt?", schimpft Omama.
„Reicht es nicht, dass die unseren ganzen
Garten zertrampeln? Müsst ihr noch so ein
Ungeheuer hierherbringen?"

Das Ungeheuer streckt seinen Rüssel.
„Tüt", haucht es kaum hörbar und lässt die
Ohren hängen.

„Was hat es denn?", fragt Omama verdattert.

„Das ist noch ein Baby", erklärt Tafiti.

Omama starrt auf die
riesigen Füße, die
baumdicken Beine, den
kolossalen Bauch, den
gigantischen Kopf.
„Ein Baby?"

Tafiti nickt. „Ein Riesenbaby eben. Es hat seine Mama verloren."

„WUAAAH! MAMI!", jammert das Riesenbaby. Und dicke Tränen platschen auf den Boden.

„Aber nicht doch!" Omama tätschelt das Baby am Bein. „Armes kleines Ding!", säuselt sie. „Du hast sicher Hunger!"

„Nein, hat es nicht", grummelt Pinsel. „Es hat gerade eine ganze Affenbrotbaumfrucht verdrückt!"

„Aber Durst hast du bestimmt." Omama kramt nach Babas Babyfläschchen, aber die sind viel zu klein. Doch Omama wäre nicht Omama, wenn sie sich nicht zu helfen wüsste.

Doch wie füttert man als Erdmännchen ein Elefantenbaby? Tafiti versucht es mit der Trittleiter.

Die reicht nicht aus. Vielleicht geht es vom hohen Stein.

Selbst der ist zu niedrig. Aber so geht es dann doch.

Baby hat Durst. Eine Gießkanne reicht ihm nicht. Omama muss sie immer wieder nachfüllen.

Inzwischen steht die Sonne rot glühend am Horizont. Das Elefantenbaby gähnt.

„Wo soll es bloß schlafen?", überlegt Omama.

„Na, hier draußen!" Opapa zuckt mit den Schultern. „Ins Haus passt es nun mal nicht!"

Das Baby kuschelt sich ins trockene Gras.

„Wir können den Kleinen doch nicht hier alleine schlafen lassen", meint Omama besorgt.

„Dann leisten wir ihm eben Gesellschaft", schlägt Tafiti vor.

„Nachts außerhalb der Höhle?", japst Opapa erschrocken. „Niemals, das ist viel zu gefährlich!"

„Ach was, hier drunter sind wir geschützt!" Tafiti schlüpft unter eins von Babys großen

Ohren. „Guckt mal. Wir brauchen nicht mal
eine Decke!"

„Aber …", beginnt Opapa. Doch Omama wirft
ihm einen strengen Blick zu. Und so schlafen
sie alle zusammen unter dem großen, stern-
funkelnden Himmel.

Mitten in der Nacht schreckt Tafiti auf. Was war das für ein Geräusch? Er stupst Pinsel an. „Hörst du das auch?"

Pinsel stellt seine Ohren auf. Er hört Tapsen und Schnüffeln. „Da schleicht jemand herum."

Ihm wird ganz flau. Bestimmt ist es einer dieser gefräßigen Nachtaktiven, der nur darauf wartet, dass sie einmal nicht im Bau übernachten!

„Wir müssen nachschauen, was da ist!", sagt Tafiti entschlossen.

Pinsel schlüpft noch etwas tiefer unter Babys Ohr. „Müssen wir das wirklich?"

„Na, wer denn sonst?", fragt Tafiti.

Also schleichen die beiden los. Ganz, ganz leise.

Hinter dem Gebüsch ist es! Und der Mond scheint hell genug, dass sie es sehen.

„Ein Gespenst!", kreischt Tafiti und versteckt sich blitzschnell unter Pinsels Bauch.

Pinsel schluckt. Und wo soll er sich ver- stecken?

37

„Ich bin kein Gespenst", sagt das Gespenst da zum Glück.

„Wer bist du dann?", fragt Pinsel mutig.

So ein Tier hat er noch nie gesehen: Es ist eher spärlich behaart, hat hoch aufgerichtete Hasenohren und einen langen Känguruschwanz. Am merkwürdigsten findet Pinsel aber den Rüssel, der zu kurz ist für einen Elefanten und zu lang für ein Schwein.

„Ich heiße Kukukifuku", antwortet Kukukifuku. „Und ich bin ein Erdferkel."

„Ein Erdferkel?", ruft Tafiti aufgeregt. „Dann bist du ja eine Mischung aus uns beiden: Ich bin nämlich ein ERDmännchen und Pinsel ein PinselohrSCHWEIN!"

38

Das Erdferkel rümpft seinen Rüssel. „Ich bin aber kein Schwein! Keine Ahnung, welcher Idiot uns *Ferkel* genannt hat."

„Was essen denn Erdferkel so?", erkundigt sich Pinsel sicherheitshalber.

„Ameisen", antwortet Kukukifuku prompt.

„Dann bist du gar nicht gefährlich", freut sich Tafiti.

Das Erdferkel spitzt die Lippen. „Für Ameisen schon."

„Und wieso bist du nachts unterwegs?", fragt Pinsel.

„Gewohnheitssache", meint das Erdferkel.

Tafiti richtet sich auf. „Sag mal, hast du vielleicht eine Herde Elefanten gesehen?"

„Gesehen nicht, aber heute sind hier welche vorbeigestapft und haben mich mit ihrem Getrampel aufgeweckt – mitten am Tag!" Das Erdferkel zeigt Richtung Akazie. „Ich wohne gleich dahinten", erklärt es.

„Bei uns sind sie durch den Garten gewalzt", erzählt Tafiti. „Die Sache ist die, wir haben heute Nachmittag eines ihrer Babys gefunden. Und suchen nun seine Mama."

Kukukifuku schleckt gedankenverloren eine Ameise auf. „Wenn ich Elefanten treffe, sage ich Bescheid."

„Gut!" Pinsel gähnt. Und auch Tafiti muss gähnen.

„Wir schlafen jetzt noch eine Runde", verabschiedet er sich. „Gute Nacht!"

„Gute Nacht!" Kopfschüttelnd geht das Erdferkel seiner Wege. „Wie kann man nur in der Nacht schlafen?", denkt es. „Dann muss man ja den ganzen Tag aufbleiben. Grässlich!"

Gute Aussichten

Tafiti hat einen merkwürdigen Traum: Er kann fliegen. *Hui*, fliegt er durch die Luft! Tafiti macht die Augen auf. *Hui*, er fliegt wirklich durch die Luft! Erst steil hoch, dann fällt er ebenso steil wieder hinunter.

„Hiiilfe!", ruft er.

Da fängt ihn Baby mit dem Rüssel auf. Allerdings nur, um ihn erneut in die Luft zu werfen.

„Aufhööören!", schreit Tafiti.

Und jetzt sind auch die anderen wach.

„Baby, stopp!", sagt Omama streng und klugerweise erst, nachdem das Elefantenkind Tafiti erneut aufgefangen hat. „Lass Tafiti sofort runter! Hörst du?"

Baby guckt sie groß an. Dann schaut es Tafiti an, der in seinem Rüssel zappelt.

„*Baby*!", sagt Omama in ihrem ganz speziellen Omama-Ton.

Und Baby setzt Tafiti auf den Boden.

„Puh", japst Tafiti. Es gibt angenehmere Arten, aufgeweckt zu werden.

Pinsel stupst ihn an. „Nach dem Frühstück gehen wir los und suchen seine Mama!"

„Das wäre gut", sagt Omama. Sie hat ein paar Rüben aus dem Garten geholt. Das Einzige, was noch übrig ist. Und Baby macht sich gleich drüber her.

Pinsel und Tafiti folgen der breiten Trasse, die die Elefanten auf ihrer Wanderschaft hinterlassen haben. Sie laufen, so schnell sie können.

44

„Ob wir die jemals einholen?", seufzt Tafiti.
Mit ihren langen Beinen sind Elefanten doch
viel schneller als Schweine oder Erdmännchen.

„So groß wie die sind, brauchen die eine
Menge Futter", meint Pinsel zuversichtlich.
„Die machen ständig Rast!"

Tafiti reckt sich. Wenn er doch nur über das
hohe Gras schauen könnte. Da trifft es sich
gut, dass ihnen eine Giraffe über den Weg
läuft.

„He, hallo!" Tafiti winkt mit beiden Armen.
„Du hast doch eine dufte Aussicht da oben?"

„Dufte Aaaussicht? Na jaaa", sagt die Giraffe
und zieht dabei manche Wörter merkwürdig
lang. Ob das an ihrem Hals liegt?

„Guck dich doch mal um, ob du irgendwo ein
paar Elefanten siehst", bittet Tafiti.

„Iiich? Okaaay", murmelt die Giraffe. Sie
heißt übrigens Gina. Hektisch guckt sie sich
um. „Keine daaa!"

Tafiti lässt nicht locker. „Bist du
dir ganz sicher?"

„Jaaa, äh, neiiin!" Gina lässt den Kopf hängen. „Ich kaaann gaaar nicht so weiiit guuucken", gibt sie zu. „Ich biiin nämlich kuuurzsichtig."

„Da gibt es doch Brillen", meint Pinsel.

„Pillen?", fragt Gina nach. „Heeelfen die deeenn?"

„Keine Pillen, Brillen", erklärt Pinsel.

„Und wooo gibt's diiie?", fragt Gina begierig.

„Das erklären wir dir später!", verspricht Tafiti. „Erst müssen wir die Elefanten auftreiben. Wir haben nämlich eines ihrer Babys gefunden und das braucht dringend seine Mama."

47

Gina legt mitfühlend den Kopf
zur Seite. „Oh jaaa! Ich
weiiiß, wie eiiinsam es
ooohne Heeerde ist. Weil
ich sooo kuuurzsichtig
bin, verliere ich meiiine
nämlich stääändig
aus den Auuugen."

„Vielleicht darf ich
mal von dort oben
runtergucken?",
fragt Tafiti.

„Ich weiiiß nicht
reeecht." Nachdenklich
wiegt Gina ihren langen
Hals hin und her.

„Was ist schon dabei?",
fragt Tafiti. „Beug einfach den
Kopf zu mir herunter, dann kann
ich aufsteigen."

„Sooo eiiinfach ist das
aaaber gaaar nicht",
nuschelt die Giraffe.
Sie schaut sich
nach allen Seiten
um. Dann spreizt
sie ihre Vorder-
beine ausei-
nander. Und als
sie schon fast
einen Spagat
macht, beugt sie
den Kopf zur
Erde.
Pinsel schiebt
Tafiti mit dem Rüssel
hoch, damit er an ihre
Hörner kommt. Kaum hat
er die fest im Griff, ruft er:
„Aufwärts!"

Als Gina den Hals hebt, muss sich Tafiti mit beiden Pfoten fest- klammern, um nicht herunter- zufallen. Doch dann ist er oben.

„Alles klar?", ruft Pinsel ihm zu.

Tafiti riskiert einen kurzen Blick nach unten. *Huch!* Er hätte nicht gedacht, dass er so hoch oben ist! Ein wenig zu hoch für Erdmännchen. Das spürt Tafiti deutlich in der Magengegend.

„Nie direkt nach unten gucken", rät ihm Pinsel. Als ob er schon tausendmal auf einem Giraffenkopf gesessen hätte. „Schau lieber in die Ferne!"

Tafiti blinzelt: Wow! Was für eine fantastische Aussicht! Er sieht die große Ebene mit ein paar Affenbrotbäumen und Akazien. Am Horizont ragt der hohe Hügel auf und in der anderen Richtung kann er sogar Mister Gogos Residenz ausmachen. Er sieht Gnus und Antilopen, Zebras und Strauße. Er entdeckt sogar den hohen Stein, bei dem sie wohnen. Aber außer Baby, der mit Opapa Fangen spielt, wie es scheint, sieht er keinen einzigen Elefanten.

„Keine Elefantenmama weit und breit", verkündet er. „Was sollen wir bloß machen?"

„Gaaanz einfaaach!" Vorsichtig senkt Gina den Kopf zu Boden, damit Tafiti wieder absteigen kann. „Der Kleiiine muss sie ruuufen."

„Wie: rufen?", fragt Pinsel nach.

„Eeer muss sie heeertrompeeeten. Elefaaan-ten hören daaas kilomeeeterweit. Erstens, weil sie sooo laut trompeeeten und zweitens, weil sie sooo groooße und guuute Ooohren haben", erklärt Gina wichtig.

Pinsel senkt den Rüssel. „Das Problem ist nur, dass unser Baby noch gar nicht so richtig trompeten kann."

Gina reckt den Hals. „Daaann muss es daaas eben leeernen!"

„Sie hat recht", sagt Tafiti. „Los, lass uns nach Hause gehen!"

Nachdenklich läuft Pinsel neben Tafiti her. „Aber wer soll ihm das Trompeten beibringen?"

„Das ist doch wohl klar!" Tafiti stupst gegen Pinsels Nase. „Der, der einen Rüssel hat."

„Ich hab doch keinen Elefantenrüssel!", protestiert Pinsel.

„Aber er ist immerhin besser als gar nichts",
meint Tafiti gut gelaunt. „Du machst das
schon!"

„Waaartet doch maaal!" Gina trabt aufgeregt
hinter ihnen her. „Waaas ist denn jeeetzt mit
der Bille?"

„Komm mit!", schlägt Tafiti vor. „Opapa weiß
bestimmt, wo du eine Brille bekommst!"

Trompetenunterricht

Tafiti hat recht. Opapa weiß Rat, schließlich trägt er ja selbst eine Brille. „Ich kenne da eine indische Brillenschlange", verrät er Gina.

„Iiindien ist nicht geraaade uuum die Ecke", seufzt die Giraffe.

„Ach was", winkt Opapa ab. „Die Brillenschlange ist doch hierhergezogen. Hinter dem zweiten Affenbrotbaum rechts, beim großen Dornengestrüpp."

„Sooo naaah? Wiiirk-lich?" Gina strahlt. „Das ist jaaa wuuundervoooll! Dann geh ich gleiiich mal looos!"

„Viel Glück!", ruft Tafiti ihr hinterher.

„Und dir wünsche ich auch viel Glück", meint er zu Pinsel. „Bei deinem Trompetenunterricht!"

Pinsel nickt. Wenn das mal gut geht!

Alle Erdmännchen schauen gespannt zu. Pinsel stellt sich direkt vor Baby hin und reckt seinen kleinen Schweinerüssel, so hoch er kann. „Trööööt!", ruft er dabei.

Das Elefantenbaby hebt ein wenig den Rüssel: „Tüt", macht es leise.

„Tröööt!", macht es Pinsel immer wieder vor.

„Tüt", antwortet Baby jedes Mal. „Tüt, tüt, tüt."

„So wird das nichts!" Opapa geht nachdenklich hin und her.

„Vielleicht weiß ich, wer uns helfen kann",
fällt Tafiti auf einmal ein.

„Wer denn?", fragen Pinsel und Opapa
gleichzeitig.

„Das Erdmännchenschwein!", ruft Tafiti.

„Du meinst, Kukukifuku, das Erdferkel?", fragt
Pinsel verblüfft.

„Genau!", ruft Tafiti und strahlt. „Komm mit!"

Schon läuft er los in Richtung Akazie, wo
Kukukifuku seine Höhle hat.

„Wie soll uns der denn helfen?", erkundigt sich Pinsel, der mit einem kleinen Schweine- galopp Tafiti eingeholt hat.

„Er hat auch einen Rüssel", weiß Tafiti. „Und der ist ein bisschen länger als deiner."

„So viel länger ist der gar nicht", schmollt Pinsel.

„Trotzdem, einen Versuch ist es wert!", meint Tafiti.

Er schaut sich um. „Hier muss er irgendwo wohnen!"

Die Tür ist ein wenig versteckt. Doch Tafiti findet sie trotzdem. Schon läutet er: BING-BONG-BANG-BONG!

Es rührt sich nichts.

BING-BONG-BANG-BONG! Tafiti reißt ungeduldig am Glockenseil.

„Wer ist denn da?", grummelt es von drinnen. Es rumst ein paar Mal, dann schlurft ein völlig verschlafenes Erdferkel zur Tür. „Seid ihr verrückt? Weckt mich am helllichten Tag! Verschwindet!"

„Das ist ein Notfall!", ruft Tafiti. „Wir brauchen deine Hilfe!"

„Meine Hilfe? Jetzt?" Kukukifuku reibt seine kleinen Augen.

„Wir haben dir doch von dem Elefantenbaby erzählt", erklärt Tafiti. „Wir können seine Mama nicht finden. Und da gibt es nur eins: Der Kleine muss seine Mama herbeitrompeten."

„Ja, und?", knurrt Kukukifuku ungehalten.

„Er kann noch nicht trompeten. Jemand muss es ihm zeigen. Und weil du einen so schönen langen Rüssel hast …"

„Ich kann auch nicht trompeten", brummt Kukukifuku und will ihnen die Tür vor der Nase zumachen.

Aber Pinsel hat seinen Huf dazwischengestellt. „He, du wirst uns jetzt helfen!", ruft er. „Und zwar sofort!"

Kukukifuku starrt ihn sauer an. Pinsel starrt zurück.

Für einen Moment ist es ganz still.

„Na gut", stöhnt das Erdferkel schließlich. „Wenn's unbedingt sein muss!"

Missmutig schlurft es hinter den beiden Freunden her.

„Wenn er so grummelig ist, wird das nie was", fürchtet Tafiti.

Und deswegen wird vor dem Unterricht erst einmal gefrühstückt. Es hilft: Nach einer Tasse heißer Schokolade und knusprig gerösteten Ameisen ist Kukukifukus Laune merklich besser.

„Dann wollen wir mal",

meint er und klopft sich die
Krümel vom spärlichen
Fell.

Baby geht es wie
Tafiti. Er bekommt
einen Riesen-
schreck, als er das
Erdferkel zum ersten
Mal sieht, und hält
sich prompt die
Augen zu.

„Hallo, Baby",
sagt das Erdferkel und versucht,
freundlich zu klingen. „Ich bin Kukukifuku!"

Vorsichtig linst Baby hinter den Ohren hervor.
„Ku-ku?", fragt es und versteckt sich sogleich
wieder.

„Kukukifuku", verbessert das Erdferkel.

„Ku-ku!", ruft Baby und klappt fröhlich die
Ohren auf und wieder zu.

„Ku-ku-ki-fu-ku", versucht es Kukukifuku noch mal.

„Ku-ku!" Baby strahlt.

„Er spielt Guck-Guck mit dir", erklärt Tafiti. Er kennt das von Baba und spielt auch gleich mit. Er hält sich die Pfoten vors Gesicht, linst hin und wieder hervor und ruft: „Guck-guck!"

Kukukifuku räuspert sich. „Jetzt wird nicht gespielt, jetzt wird geübt!" Er reckt seinen Rüssel in die Luft und schnaubt. „Pfff!" Mehr kommt nicht heraus.

Baby schaut ihn erstaunt an. Ein neues Spiel? Es reckt den Rüssel und pustet. „PFÜÜÜT!"

„Ja!", ruft Tafiti begeistert. „Nur noch lauter! TÜÜÜT!"

Kukukifuku hebt noch mal den Rüssel und schnaubt tüchtig durch die Nase. „PFFFFT!"

Baby macht das Spaß. Er hebt den Rüssel. „PFÜÜÜT!"

„Toll!", jubeln alle. Nur Pinsel schaut ein bisschen beleidigt. Er hat sich doch solche Mühe gegeben! Und jetzt kommt dieser Kukukifuku …

„PFÜÜÜT!", trötet Baby wieder. „PFÜÜÜT, PFÜÜÜT, PFÜÜÜT!" Dann holt Baby noch einmal richtig Luft:

„PFÜÜÜÜÜT!"

Da gibt es einen Jubeltanz – allerdings mit zugehaltenen Ohren. Babys Tröten ist einfach zu laut!

Und diesmal tanzt auch Pinsel mit. „Er kann's!", grunzt er begeistert und steppt mit seinen Hufen.

Kaum hat er den Dreh raus, kann Baby gar nicht mehr aufhören: „PFÜÜÜÜÜT! PFÜÜÜÜÜT! PFÜÜÜÜÜT!"

Plötzlich hört man in der Ferne eine Antwort. Ein sanftes, sattes: „TRUUUUUUT!"

Baby wackelt mit den Ohren.
„PFÜÜÜÜT!", antwortet er.

„TRUUUT!" – „PFÜÜÜÜT!"

„TRUUUT!" – „PFÜÜÜÜT!"

„TRUUUT!" – „PFÜÜÜÜT!"

„TRUUUUT!" – „PFÜÜÜÜT!"

„TRUUUUUT!" – „PFÜÜÜÜT!"

Jetzt springt auch Tafiti, als Letzter, in den Bau.

Die Erde bebt über ihren Köpfen. Die Bücher fliegen aus den Regalen. Der Kronleuchter schwankt beängstigend.

Trotzdem muss Tafiti aus der Höhle linsen. Eine ganze Elefantenherde ist angekommen.

„MAMI!", ruft Baby und galoppiert auf eine Elefantenkuh zu.

Die rennt ihrerseits auf Baby zu. „Mein Schätzchen! Da bist du ja!"

Und schon umschlingen sich zwei Rüssel. Ein kleiner und ein großer.

Die Elefanten kriegen die Kurve

„He, hallo!", ruft Tafiti und winkt aus der Tür.

Die Elefanten schauen sich ratlos um.

„Hier unten!", ruft Tafiti.

Die Leitkuh, eine nette Elefantenoma, entdeckt ihn als Erste. „Ach, da! So ein kleines Krabbeltierchen!"

„Wir sind Erdmännchen", stellt Tafiti klar. „Und wir haben euer Baby gefunden und uns um es gekümmert."

„Wirklich?", fragt die Elefantenmama gerührt. Und eine große Träne tropft in

70

den Sand. Es platscht, als habe dort jemand
einen Eimer Wasser ausgeleert.

Inzwischen haben sich auch Pinsel, Opapa,
Tutu, Baba und Omama aus dem Bau getraut.

„Wo ihr gerade da seid!", ruft Omama streng.
„Ich möchte euch doch sehr bitten, das
nächste Mal nicht mehr durch meine Gemüse-
beete zu stapfen!"

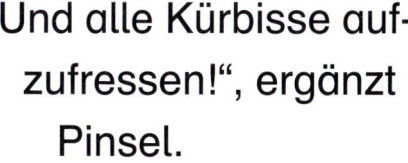

„Und alle Kürbisse auf-
zufressen!", ergänzt
Pinsel.

„Oh, Entschul-
digung", murmelt
die Elefantenoma.
„Wir haben nicht
gedacht, dass die
Kürbisse jemandem
gehören. Wir haben
ja niemanden
gesehen."

Omama stemmt die Pfoten in die Seiten. „Denkt ihr denn, wir bleiben draußen, damit ihr uns platt- macht wie Eierkuchen?"

„Also, nächstes Mal passen wir auf", ver- spricht die Elefantenmama sofort. „Und wir fressen nie wieder eure Kürbisse. Okay?"

„Das ist okay", sagt Omama. „Und ihr geht auch nicht an die Bohnen, den Mais und die Süßkartoffeln. Verstanden?"

Die Elefanten nicken.

„Vielleicht können wir den Schaden irgendwie wiedergutmachen?", schlägt die Elefantenoma vor. „Wo ihr doch unser Baby gerettet habt."

„Das könnt ihr allerdings", meldet sich Tafiti zu Wort. „Pflückt uns einfach ein paar Affenbrotbaumfrüchte."

„Wenn's weiter nichts ist!" Sofort macht sich die ganze Herde auf den Weg. Wenig später liegt ein riesiger Berg Affenbrotbaumfrüchte vor dem Erdmännchenbau.

„Das reicht ja für ein Jahr!" Omama lacht.

„Und wenn das um ist, kommen wir wieder", verspricht die Elefantenoma. „Auf Wiedersehen!"

„Auf Wiedersehen!", rufen Pinsel und die Erdmännchen.

Baby trötet zum Abschied. Dann stapft es glücklich hinter seiner Mama her.

Kaum hat sich die Elefantenstaubwolke gelegt, kommt Gina in großen Schritten angerannt.

„Ich kaaann jetzt gaaanz weiiit guuucken!", jubelt sie. „Von hier aaaus kann ich sogar nooooch sehen, wooo die Billenschlaaange wooohnt!" Gina schaut sich strahlend um. Plötzlich reckt sie ihren Hals noch ein wenig mehr. „Uuund daaa! Ich glaub, ich hab meiiine Heeerde entdeckt!", ruft sie aufgeregt.

Flugs geht Gina in den Spagat, beugt den Kopf und stupst Tafiti und Pinsel freundlich an. „Tschüüüss, ihr zweiii! Und vielen Daaank!"

Dann richtet sie sich wieder zu ihrer vollen Größe auf. „Wiiir seeehen uuuns!", ruft sie noch und galoppiert davon.

„Wie schön!", seufzt Omama.

Und Opapa putzt seine Brille, die vor lauter Rührung ganz beschlagen ist.

Auch Tutu strahlt. „Jetzt ist alles wieder gut!"

„Na ja", sagt Tafiti. „Wenn man's ganz genau nimmt, ist noch nicht wirklich alles gut."

„Nicht?", fragt Opapa.

Tafiti grinst. „Erst wenn uns Omama endlich einen Kuchen backt!"

Pinsel wackelt mit den Ohren. „Genau, dann wär alles perfekt!"

„Ich bin schon unterwegs!", trällert Omama küchenkampfesmutig. „Deckt schon mal den Kaffeetisch!"

Julia Boehme studierte Literatur- und Musikwissenschaft und arbeitete danach als Redakteurin beim Kinderfernsehen. Eines Tages fiel ihr ein, dass sie als Kind unbedingt Schriftstellerin werden wollte. Wie konnte sie das bloß vergessen? Auf der Stelle beschloss sie, jetzt nur noch zu schreiben. Seitdem denkt sie sich ein Kinderbuch nach dem anderen aus.

Julia Ginsbach wurde 1967 in Darmstadt geboren. Nach ihrer Schulzeit studierte sie Musik, Kunst und Germanistik. Heute arbeitet sie als freie Illustratorin und lebt mit ihrer Familie und vielen Tieren auf einem alten Pfarrhof in Norddeutschland.